Le fantôme du château de Hurle aux Loups

Théâtre

Comédie burlesque

Les personnages :

1   L'inspecteur chef DVDP (David Van den Prout, nul ne sait d'où il vient ni où il va … il a beaucoup de ressemblance avec Louis de Funès dans sa gestuelle et son verbe.

2   La duchesse Marielle de Mac Donald, veuve et propriétaire du château des Hurle aux Loups.

3   Mario de Mac Donald, fantôme, Duc défunt devenu fantôme errant dans les froids et humides couloirs du château … c'est pour ça qu'il finit par s'enrhumer.

4   Juliette Jexpire,

et

5   Roméo Jexpire, chasseurs de fantômes.

6   Iseult Bernard

et

7   Tristan Bernard, couple de clients du château gîte.

8   Docteur Trouillard, médecin nouvellement arrivé dans le petit village de Mac Bassan.

9   Pétronille Godille, la boniche godiche. Elle est psychopompe.

Voix off.

4 femmes

4 hommes

1 vox off et 1 fantôme qui n'apparaît que sous un drap.

Total   10 avec un maximum de 5 sur scène simultanément

ACTE I

Scène 1

Les chasseurs de fantômes

Le salon du château dans l'obscurité, éclairé seulement des flammes qui dansent dans la cheminée et des éclairs de l'orage.

Tentures et grandes tapisseries anciennes, meubles d'époque et grande cheminée dans laquelle crépite un grand feu …

Il fait nuit. Une ambiance lourde hante le silence, des bruits bizarres et une musique inquiétante se font entendre …

Voix Off : Mesdames, mesdemoiselles, messieurs, l'histoire que je vais vous raconter ce soir se passe dans le château des Hurle aux Loups dans le petit village de Mac Bassan au nord de l'Écosse et au sud de Béziers.

La duchesse Marielle de Mac Donald, veuve et propriétaire du château des Hurle aux Loups a fait appel aux services de deux chasseurs de fantômes pour confirmer que son défunt mari hante les lieux. Elle n'en a rien dit, mais son objectif est de se faire une bonne pub de château hanté pour ouvrir des chambres d'hôtes et attirer les curieux sur le thème du fantôme.

Dehors, les loups hurlent …. (*on entend des loups hurler (mais très mal)*) … la nuit est d'encre et le vent siffle par les interstices des meurtrières … (*on entend le vent qui siffle (mais très mal)*) …

Au moment où les chasseurs d'esprits se mettent au travail, une panne de courant plonge le château dans le noir.

Un halo de lumière de lampe de poche parcourt la scène …Une forme blanche passe dans le rai de lumière … et un hullulement bizarre autant qu'étrange se fait entendre …

Le fantôme : Ouhhhh ouuuuuhhhh ouhouhouhhhhhooouuu …

Juliette : *Je l'ai vu ! Je l'ai vu, il vient de passer devant nous …*

Roméo : *Je l'ai vu aussi ! Il est tout blanc avec des rayures noires … comme un zèbre !*

La forme blanche repasse rapidement dans le rai de lumière … on entend des bruits ….

Le fantôme : Ouhhhh ouuuuuhhhh ouhouhouhhhhooouuu …

Et soudain !

Roméo : Je le tiens ! Il est poilu et il sent le vieux bouc !

Juliette : Oui, moi aussi, je le tiens … aïe … ouille … il me serre le cou … aïïïeee !!

La lumière revient … Ils sont équipés pour la chasse aux fantômes, avec des appareils bizarres, chacun une loupe, des jumelles, etc … qui pendent au cou … ils portent un T-shirt et une casquette avec écrit dessus « Ghosts Hunter » (chasseur de fantômes)

Dans la nuit … Roméo tient Juliette par le cou et Juliette tient le bras de Roméo. Grands gestes et simagrées …

Juliette : Lâche-moi, tu me fais mal …

Il la lâche. Elle le lâche.

Roméo : Pardon, j'ai cru que c'était lui !

Juliette : Oui, moi aussi je croyais bien le tenir ! Mais faudra que tu m'expliques ce que tu as voulu dire par « il sent le vieux bouc ! » ?

Roméo : (un tantinet penaud) J'ai dû sentir son odeur tout en t'attrapant toi ! ... Si il n'y avait pas eu cette coupure de courant on le tenait !

Juliette : Faudra qu'on demande des dommages et intérêts à EDF !

Marielle : (elle arrive essoufflée, revenant de la cuisine) Je suis désolée, c'est encore le toaster qui a tout fait sauter ! Vous avez crié ?

Juliette : Oui, si le courant n'avait pas disjoncté, on le tenait !

Marielle : Vous l'avez trouvé ?

Roméo : Il n'est pas loin, il se cache sous l'escalier, dans le meuble à chaussures.

Marielle : Mais comment avez-vous fait pour le trouver ?

Juliette : C'est un métier madame la baronne, et il faut du bon équipement *(elle montre ses trucs et ses bidules)*. Vous voyez, ça *(elle montre l'inscription sur son T-shirt)*, ça veut dire « Expert en fantômes » !

Roméo : Il n'est pas loin, il se cache sous l'escalier, dans le meuble à chaussures.

Juliette : Euh … je l'ai déjà dit ! Et faites-nous confiance, on va vous débarrasser de vos fantômes !

Marielle : Ah non, surtout pas ! Je ne veux pas le faire disparaître, je veux juste prouver qu'il y a un fantôme dans mon château !

Roméo : Mais vous n'allez tout de même pas vivre en compagnie d'une âme errante !

Juliette : Et si vous voulez vendre un jour, vous ne trouverez personne !

Marielle : Je ne veux pas vendre, je veux louer. J'ai un projet de chambres d'hôtes.

Juliette : C'est encore pire, jamais personne ne voudra dormir dans un château hanté !

Marielle : Détrompez-vous …. C'est très recherché ! Vous n'avez pas idée du nombre de personnes prêtes à tout pour dormir dans un château hanté. Et comme tout ce qui est recherché et rare … on peut vendre cher … très cher !

Roméo : Dans ce cas, vous n'avez pas besoin de nous.

Juliette : Notre rôle, c'est de les faire disparaître, pas de les faire venir.

Marielle : Détrompez-vous, ce que j'attends de vous, c'est que vous confirmiez que mon château est bel et bien hanté auprès des médias …. Pour faire un article dans le journal.

Juliette : C'est la première fois qu'on nous fait une telle demande.

Roméo : Mais dans le fond, ça peut nous faire une nouvelle corde à notre arc.

Marielle : Ciel ! Ne parlez jamais de 'corde' dans la maison d'un pendu !

Roméo : Un pendu ! Où ça ?

Marielle : Mais …. Le fantôme, voyons, le fantôme est un pendu. Il s'est pendu ici, dans ce château l'année dernière.

Juliette : Vous êtes sûre ?

Le fantôme : Wouuuuu wouuuuuu

Ils font des têtes pas possibles ! Puis Juliette et Roméo fouille la pièce avec leurs instruments bizarres et soudain …

Roméo : Je l'ai ! Il est là (il désigne un endroit du doigt)

Marielle : Mais ce sont les escaliers !

Roméo : Oui, il est dedans.

Marielle : Comment ça « dedans » ?

Roméo : Eh bien oui .... C'est un fantôme, il passe à travers les murs.

Marielle : Vous pouvez le voir ?

Roméo : Je peux discerner son ectoplasme sur mon ectoplasmètre. (il montre un appareil étrange ressemblant à un califobricateur)

Marielle : C'est quoi son ... 'ectoplasme' ? (Marielle fait les crochets avec les index de sa main droite et gauche)

Juliette : C'est la trace ectoplasmique résultant de l'énergie atomique rémanente des corps désolidarisés de leurs âmes conscientes. (Évidemment, Marielle ouvre de grands yeux interrogatifs) En gros, c'est une espèce de brouillard qui entoure tout fantôme digne de ce nom !

Marielle (en aparté) : C'est un métier qui n'est pas donné à tout le monde !

Marielle : Bon ! Mais est-ce qu'on peut le prendre en photo ?

Juliette : Ben non, c'est juste une trace invisible à l'œil nu, il n'y a que l'ectoplasmètre qui permet de le discerner.

Marielle : Vous n'avez qu'à photographier l'ectoplasmètre !

Roméo : On peut essayer …. On n'a encore jamais essayé.

Juliette (sors son téléphone portable et prend une photo) : …. Ouais, je m'en doutais, ça ne donne rien !

Roméo : Faudra qu'on travaille sur un appareil qui puisse photographier les ectoplasmes …

Juliette : … et même les filmer.

Le fantôme (visiblement il a changé de place, il est de l'autre côté de la pièce) : Wouuuuu wouuuuuu

Les trois autres sont sur le pied de guerre, et Roméo et Juliette braquent leurs appareils bizarres sur la source du son.

Le fantôme : ATCHOUM !!!!

Un grand silence ………………….

Marielle : C'est toi Mario ?

Roméo : Qui est Mario ?

Marielle : Mon défunt mari.

Juliette : Il est mort ?

Marielle : Forcément puisque c'est un fantôme !

Roméo : C'est bien la première fois que j'entends un fantôme éternuer !

Juliette : Il a du prendre froid dans ces courants d'air !

Marielle : Vous croyez que je devrais m'inquiéter ?

Roméo : Il est mort, il ne craint plus rien !

Le fantôme : Ouhhhh ouuuuuhhhh ouhouhouhhhhhooouuu …

Marielle : Bon ! je peux compter sur vous ?

Juliette : Il faudrait que nous repassions avec d'autres instruments …

Roméo : Pour confirmer la réelle présence d'un fantôme ...

Juliette : Avant d'alerter la presse et la télé !

La lumière s'éteint.

Le fantôme : Ouhhhh ouuuuuhhhh ouhouhouhhhhooouuu ...

Rideau ou nuit

Scène 2

Docteur Trouillard

Le salon du château. Il fait nuit. Une ambiance lourde hante le silence, des bruits bizarres et une musique inquiétante se font entendre … un peu comme dans le premier tableau mais avec des différences notoires …

Voix off : Appelé par Marielle de Mac Donald, le docteur arrive au château sur le tard.

On entend frapper à la porte.

La scène s'éclaire …

La maîtresse de maison va ouvrir et accueille le nouvel arrivant.

Marielle : Bonsoir docteur, merci de vous être déplacé … surtout par ce temps …

On entend des loups hurler (mais très mal) et le vent qui siffle (mais très mal) …

Le docteur : Alors ma brave dame, qu'est-ce qui ne va pas, vous avez des insomnies, vous vous inquiétez pour le CAC40 ?

Marielle : Mais pas du tout, docteur, je m'inquiète pour mon mari !

Le docteur : Que lui arrive-t-il ?

Marielle : J'ai bien peur qu'il se soit enrhumé et je ne voudrais pas que ça lui tombe sur les bronches !

Le docteur : Très bien, je vais l'ausculter, où est-il ?

Marielle : Le problème ....

Le docteur : Le problème ? ......

Marielle : Le problème ... c'est ...

Le docteur : C'est ? ......

Marielle : Docteur, je sais que c'est difficile à accepter ... et plus encore à expliquer ....

Le docteur : Je suis toutes ouïes ......

Marielle : Voilà .... (vite) il est mort !

Le docteur : ...... (Regarde la châtelaine incrédule ... fait un pas en avant, un pas en arrière ... on sent sa gêne .... Puis soudain il croit comprendre la situation ...) Oui, je vois ... je vois ... voyons voir ... (Il pose sa sacoche et s'approche de Marielle, lui prend le pouls) ... dites 33 ... levez les yeux au ciel ....

Mettez-vous sur un pied ... levez a jambe ... tirez la langue ...

Marielle : (Elle manque se casser la figure – ou elle tombe dans un fauteuil) Mais docteur, ce n'est pas moi qui suis malade, c'est le fantôme de mon mari !

Le docteur : ...... (Lâche le bras de la châtelaine, recule, prend ses distances ... en aparté) Diantre ! J'espère qu'elle n'est pas armée ? ...

Le docteur : ...... (Incrédule) Et où se trouve-t-il le fantôme de votre mari ?

Le fantôme : ATCHOUM !!!!

Le docteur : ...... (fait un bond ! Visiblement très surpris et quelque peu (euphémisme) trouillard, il se cache derrière la veuve tout tremblant) Vou vou vous a a avez en en enten enten...du ? (D'une voix tremblotante) Qui qui qui qui est là ?

Marielle : N'ayez pas peur docteur, c'est mon mari .... Vous avez entendu ... il s'est enrhumé ! Il faut faire quelque chose pour lui avant que ça s'aggrave !

Le docteur : Il n'est pas dangereux ... au moins ?

Marielle : Mais pas du tout … il ne peut rien vous faire … il est mort !

Le docteur : …… (Reprend peu à peu courage et confiance) Vous êtes certaine qu'il ne peut pas nous faire de mal ! ?

Marielle : Absolument certaine !

Le docteur : Dans ce cas, je vais vous dire …. On ne soigne pas un mort, fut-il enrhumé ! S'il est mort il ne peut plus rien lui arrivé de pire et je ne peux rien faire pour lui, appelez plutôt un prêtre ! (Il ramasse sa sacoche et s'apprête à partir …)

Le fantôme : ATCHOUM !!!!

Le docteur : (S'enfuit en courant)

Marielle : Mon pauvre Mario, Les médecins ne sont plus ce qu'ils étaient … on ne peut compter que sur nous-mêmes !

Le fantôme : ATCHOUM !!!!

Rideau ou nuit

Scène 3

L'abbé Bête

Le salon du château. Il fait nuit. Une ambiance lourde hante le silence, des bruits bizarres et une musique inquiétante se font entendre … comme dans les premier et deuxième tableau mais avec des différences notoires …

Voix off : Alerté par le docteur Trouillard, l'abbé Bête arrive au château pour chasser par tous moyens le vilain fantôme qui a fait peur au gentil docteur.

Le fantôme : ATCHOUM !!!!

On entend frapper à la porte.

La scène s'éclaire …

La maîtresse de maison va ouvrir et accueille le nouvel arrivant.

Marielle : Mon père !? Mais que faites-vous ici à cette heure et par ce temps … de loup !

On entend des loups hurler (mais très mal) et le vent qui siffle (mais très mal) …

L'abbé Bête : Bonsoir ma fille, le docteur Trouillard m'a appelé, il était dans tous ses états et je n'ai pas compris ce qu'il m'a raconté mais j'ai compris que je devais venir ici de toute urgence pour vous sauver d'un grand malheur.

Le fantôme : ATCHOUM !!!!

L'abbé Bête : A vos souhaits !

Marielle : Merci.

L'abbé Bête : Voulez-vous que je vous passe l'extrême-onction ?

Marielle : Quoi ! ? Mais pas du tout, je suis en pleine forme !

L'abbé Bête : Quand on éternue, c'est un peu de notre âme qui s'envole vers le paradis …. Ou qui descend aux enfers …

Marielle : N'est-ce pas un peu exagéré ?

L'abbé Bête : Il ne faut pas sous estimer les forces du mal … le pied fourchu à la queue en tirebouchon et au nez busqué a plus d'un tour dans son sac pour nous faire avaler des couleuvres à la place de lentilles !

Marielle : De toute façon, ce n'est pas moi qui ai éternué !

L'abbé Bête : (un brin interloqué) Ah bon ! Mais c'est qui, alors ?

Marielle : Mon défunt mari.

L'abbé Bête : (en aparté) Le docteur ne m'avait pas prévenu qu'elle en a un grain !

L'abbé Bête : Votre défunt mari ! ?

Marielle : Oui.

Un silence gêné se fait … l'abbé observe Marielle qui observe l'abbé, il tourne l'un autour de l'autre … en se touchant comme pour vérifier qu'ils sont bien réels …

L'abbé Bête : Votre défunt mari ?

Marielle : (un peu agressive) Vous allez me poser la question encore longtemps ?

L'abbé Bête : (en aparté) La pauvrette n'a plus toute sa tête !

Marielle : (un peu agressive) Et d'ailleurs, je ne vous ai pas demandé de venir !

L'abbé Bête : (se redresse fier et hautain) J'y suis j'y reste … si il y a un fantôme ici, l'un de nous deux est de trop ! Un ave, trois pater, et un psaume en latin et il s'évanouira comme il est venu …

Il se met à genoux et commence son psaume en latin un crucifix entre ses mains jointes

Mare nostrum nosfertatum californicatum vobiscum … fantômas … et pericoloso sporghesi cum antenna parabellum et GPS … Bigmillionus … diabolicus … capharnaüm pedibus cum UMP at COPé et Fillium et Sarkozydollar amen …

Le fantôme : Ouhhhh ouuuuuhhhh ouhouhouhhhhooouuu …

L'abbé Bête : (beaucoup moins sûr de lui .. se signe, se relève) Vou vou vous a a avez en en entendu ?

Marielle : (blasée) Ben oui, c'est mon mari qui n'apprécie pas vos fanfaronnades !

L'abbé Bête : (pas très sûr de lui) Vous me faites une blague, c'est ça ? C'est une vilaine blague anticléricale ? Vous êtes une de ces aristocrates sans foi ni loi !

Marielle : Non, plutôt « ni dieu ni maître » (le curé se signe et fait des tas de simagrées …)… Le docteur ne vous a rien dit, il ne vous a pas prévenu ?

L'abbé Bête : Prévenu ? Ben non, il était très excité au téléphone et je n'ai rien compris à ce qu'il baragouinait !

Marielle : Je l'ai fait venir pour qu'il s'occupe du rhume de mon mari mais c'est un poltron !

Le fantôme : ATCHOUM !!!!

L'abbé Bête : A vos souhaits !

Marielle : Merci ...... Ah Mais non ... ce n'est pas moi qui ai éternué, vous avez bien entendu que ça venait de par là !

L'abbé Bête : (pas très sûr de lui on le sent inquiet) Ah Oui ! ... de par là ... (se signe et tout en parlant, il range ses petites affaires) Bon ! Dites, après tout, vous ne m'avez pas demandé de venir ... hein ? ... je n'ai rien à faire ici, moi, il vaut mieux que je vous laisse avec votre ... euh ...

Le fantôme : ATCHOUM !!!!

L'abbé Bête : (s'enfuit en hurlant et en gesticulant) Vade retro satanas ... radé vetro ... radé vetro ...

Marielle : Et voilà ! Même les prêtres sont des poules mouillées quand ils sont confrontés au surnaturel !

Le fantôme : Ouhhhh ouuuuuhhhh ouhouhouhhhhooouuu …… ATCHOUM !!!!

Marielle : Mario, je n'en peux plus, je tombe de fatigue … je vais me coucher et tu devrais en faire autant et bien te couvrir … tiens, tu iras à la cuisine, je vais te préparer un grog bien chaud … OK ?

Le fantôme : ATCHOUM !!!!

Marielle : (en aparte) Je me demande si il sait dire autre chose ?

Rideau ou nuit

ACTE II

Scène 1

L'inspecteur chef DVDP

Le salon du château. Il fait jour. Une ambiance chargée pèse sur le grand salon vide.

Voix off : Le lendemain matin, après cette nuit agitée et quelque peu mouvementée, l'inspecteur chef DVDP frappe à son tour à la porte du château, alerté par le docteur Trouillard et l'abbé Bête.

On entend frapper à la porte.

La maîtresse de maison va ouvrir et accueille le nouvel arrivant.

Marielle : Monsieur, que me vaut l'honneur ?

DVDP : Bonjour madame la baronne, je suis l'inspecteur chef David Van den Prout, envoyé par ma hiérarchie pour élucider un mystère qui a été rapporté par un prêtre et un médecin auprès de ma hiérarchie. J'ai apporté des croissants (il sort un paquet de croissants de derrière son dos).

Marielle : Entrez, je vous en prie, mais je dois vous dire qu'il n'y a aucun mystère ici.

DVDP : On m'aurait menti ?

Marielle : Hélas, de nos jours, comment savoir qui ment et qui dit la vérité.

DVDP : Vous n'avez pas tort, mais la police est justement là pour chasser les menteurs et révéler la vérité.

Marielle : Et vice versa !

DVDP : (il est visiblement surpris par la réponse qu'il ne comprend pas … il fait des gestes des mains, comme s'il tricotait … une maille à l'endroit, une maille à l'envers … mais il finit par renoncer à y réfléchir …) Le docteur Trouillard et l'abbé Bête ont déclaré qu'un fantôme enrhumé hante votre château, y semant la terreur et la désolation.

Marielle : Regardez par vous-même, monsieur le gendarme, voyez-vous de la désolation ?

DVDP : 'Inspecteur chef' si vous voulez bien, pas « gendarme » mais 'inspecteur chef' !

Marielle : Bien monsieur le commissaire, comme vous voudrez !

DVDP : Non, pas « commissaire » …. Inspecteur … chef (il lui montre un insigne quelconque au revers de sa veste ou de sa chemise …) capito ?

Marielle : Comme vous voulez … ressentez-vous de la terreur mon général ?

DVDP : Non, pas général, pas gendarme, pas commissaire …' inspecteur chef', (il monte un peu la voix) 'inspecteur chef' … vous comprenez ?

Marielle : Bon, écoutez, moi, je ne suis pas inspectrice, je suis duchesse, duchesse de Mac Donald et vous commencez à m'importuner, je ne vous ai pas demandé de venir, alors je ne vois pas ce que vous faites ici, dans mon château avec vos croissants chancis !

DVDP : (il est tout péteux tout d'un coup) Mais madame la comtesse, je suis navré, je suis venu pour vous protéger et vous aider à vous débarrasser du fantôme.

Marielle : 'Duchesse', mon capitaine, pas 'comtesse' …. 'duchesse' ?

DVDP : (embetté et grincheux) Moi c'est 'inspecteur chef'.

Marielle : On s'en fout ! Vous n'avez rien à faire ici, débarrassez le plancher …

DVDP : (il prend le chemin de la porte … s'arrête, se retourne … et tout mielleux) Je vous laisse les croissants ? (il lui tend les croissants qu'elle ignore en détournant la tête avec snobisme).

Le fantôme : ATCHOUM !!!!

DVDP : (fait un bond en se retournant d'un seul bloc … surpris et inquiet … il sort son flingue) AH ! … Qui est là ???

Marielle : Calmez-vous inspecteur, ce n'est que mon mari qui s'est enrhumé !

DVDP : 'Inspecteur chef' madame la baronne, 'inspecteur chef' … il…

Marielle : 'Duchesse' monsieur, duchesse !

DVDP : Oui … bon … il est où votre mari ?

Marielle : Ben … là … là … là … il est là où il a envie d'être, il est chez lui … <u>lui</u> !

DVDP : (s'échauffe … brandit son arme et fait un demi cercle) Sortez de là ou je tire !

Le fantôme : Ouhhhh ouuUUUhhhh ouhouhouhhhhUUUuuu ……

Marielle : (autoritaire) Rangez votre arme immédiatement inspecteur chef …. Vous risquez de vous blesser … ou pire …. De blesser quelqu'un !!!

DVDP : (braque son pistolet en plastique vers le public) Là …. Il est là … là … là c'est vous monsieur le comte ? Sortez immédiatement de votre cachette, je suis l'inspecteur chef DVDP, je vous ordonne de vous montrer !

Marielle : (très autoritaire elle brandit un bâton ou un pépin ou …) Si vous ne rangez pas votre arme immédiatement, je vous assomme !

Le fantôme : ATCHOUM !!!!

Un grand bruit « vlan » et l'inspecteur chef s'écroule sur le sol knock out !

Marielle : (embêtée) Monsieur le commissaire, que vous arrive-t-il ? ça va pas ? ... (elle lui porte secours elle lui soulève la tête) ... Mario, c'est toi qui lui as fait ça ? C'est grave d'agresser la force de l'ordre public ! Monsieur le commissaire, monsieur le commissaire ...

DVDP : (Se relève un petit peu et balbutie) Inspecteur chef (et il retombe dans les pommes).

Rideau ou nuit

Scène 2

Le mystère s'épaissit … comme la crème de Normandie

Le salon du château. Il fait jour. Une ambiance pénible pèse sur le grand salon. L'inspecteur chef est étendu à terre et la duchesse lui soutient la tête.

Voix off : L'inspecteur chef DVDP reprend doucement ses esprits en se demandant ce qui a bien pu lui arriver ?

On entend frapper à la porte.

La duchesse laisse brutalement tomber la tête d'DVDP qui pousse un cri de douleur et va ouvrir. On ne voit pas qui est là.

Marielle : Vous ? Mais … vous êtes déjà de retour ! ?

La duchesse s'efface et laisse entrer Juliette et Roméo chargé d'un tas d'instruments bizarres qu'ils vont étaler sur la scène. Ils ne font pas attention à l'inspecteur chef allongé sur le sol.

Juliette : Nous n'avons pas dormi de la nuit …

Roméo : Nous avons mis au point un électro-ectoplasmètre-numérique à flash automatique …

Juliette : Il est ultra sensible aux flux ectoplasmiques et spiritiques…

Roméo : Sa cellule photo numérique réagit au centième de nano micro seconde …

Juliette : Il peut prendre 60 photos par seconde, soit trois fois plus qu'une caméra ordinaire …

Roméo : Et il est capable d'enregistrer plus de 20 millions de pixel, presqu'autant qu'un argentique …

Juliette : Il pourrait photographier une puce sautant sur un chien …

DVDP : (Se lève péniblement en se tenant la tête et balbutie) Mais c'est qui ces deux fous ?

Roméo et Juliette (ensemble, de surprise) : AH ! (se tournant vers la duchesse) C'est qui ce clochard ?

DVDP : (se frottant toujours la tête) Non mais ! Vous savez à qui vous parlez ?

Juliette : À un clochard qui demande l'hospitalité ?

DVDP : (Soudain redevenu lui-même) Inspecteur chef DVDP, vos papiers et qu'ça saute !

Marielle : Ah non ! Vous n'allez pas remettre ça … allez-vous en ou je demande à mon mari de vous assommer !

DVDP : (vexé) Très bien, je m'en vais mais vous aurez de mes nouvelles, je reviendrai avec un mandat de perquisition et nous verrons bien qui aura le dernier mot ! (il sort en grommelant)

Roméo : C'était vraiment un flic ?

Marielle : J'en ai bien peur … et de la pire espèce … heureusement que mon mari l'a calmé en l'assommant !

Juliette : Votre mari a fait quoi ?

Marielle : Eh bien … il était devenu menaçant avec son revolver à la main et Mario l'a assommé avant qu'il ne fasse un malheur.

Roméo : Mais c'est impossible, les fantômes ne peuvent pas interagir avec le monde des vivants, ce ne sont que des évanescences sans consistance physique formelle. Tout au plus peuvent-ils émettre des sons en passant à travers des tuyaux ou des interstices …

Juliette : Ce que veux dire Roméo, c'est qu'un fantôme ne peut pas frapper …

Roméo : Sauf les esprits frappeurs … les poltergeists !

Marielle : Ah ça, pour frapper, il frappe ! Le colonel n'est pas prêt de l'oublier !

Juliette : Bon ! nous allons nous attaquer au fantôme …

Marielle : Malheureuse … vous voulez qu'il vous assomme ?

Juliette : Non ! Je ne dis pas ça dans ce sens là, je veux dire que nous allons le traquer !

Marielle : (en aparté) Elle est zinzin, Elle va se retrouver KO !

Juliette : Roméo, tu es prêt ?

Roméo : (Accompagner sa réplique et ses gestes de sons bizarres) Oui, la balise cyclotron est branchée et OK, le catalyseur de métaplasme acidosique est branché et actif et la caméra infra cosmique est 'on'.

Juliette : Alors, monsieur le fantôme …. On va bien voir de quelles ondes vous vous chauffez !

Le fantôme : ATCHOUM !!!!   … (Suivi d'un claquement sec)

Roméo :   Merde !   Il   a   fait   sauter l'électroboscope !

Juliette : (S'est emmêlée dans les fils et se débat comme elle peut …) Faut continuer en mode manuel … sers-toi du détecteur de friture …

 Roméo : (Se saisit d'un truc qui ressemble à une passoire pour les nouilles …) Je scanne !

Marielle :   (Complètement   dépassée   par   les évènements … en aparté) Mais qu'est-ce qui m'a pris de contacter de pareils zigotos ! ?

Juliette : (Tombe à terre …) AH ! Au secours Roméo, le fantôme m'a ligotée !

Roméo : (Saute au secours de Juliette et s'étale de tout son long à son tour …) Mon amour …

Un silence s'installe … Marielle est catastrophée et abasourdie

Le fantôme : Ouhhhh ouuUUUhhhh ouhouhouhhhhOOOuuu ……

Tout le monde sursaute

Marielle : (agacée) Mario, ça suffit, tu as assez fait le pitre pour aujourd'hui, garde tes forces pour nos futurs clients qui apprécieront tes caprices !

Juliette et Roméo se relèvent laborieusement …

Marielle : (Sous le choc) Ça va ? Vous ne vous êtes pas fait trop mal ?

Juliette : (Sonnée …) AH ! On peut dire que votre fantôme est du genre coriace !

Roméo : (Sonné …) Heureusement qu'ils ne sont pas tous comme ça !

Juliette : Tu as pu enregistrer quelque chose ?

Roméo : Oui ! il y a les sons et une image … floue mais suffisamment nette pour qu'on reconnaisse le fantôme … (il tend un appareil à la duchesse) Madame la duchesse … reconnaissez-vous votre fantôme ?

Marielle : (très émue, au bord des larmes) Oui ! oui, c'est bien mon Mario, mon défunt mari, dieu ait son âme (en aparté) moi je garde le château.

Juliette : Nous contactons la presse et la télévision, votre château va faire l'objet de toutes les attentions !

Marielle : (en aparté) qu'est-ce qu'il ne faut pas faire pour faire sa pub !

Rideau ou nuit

Scène 3

La bonniche godiche

La duchesse embauche une bonniche godiche

Le salon du château. Il fait jour. Une ambiance gaie dans le grand salon. La duchesse se repose dans son fauteuil Voltaire en suçant un sorbet au fromage de chèvre (je blague !)

Voix off : Roméo et Juliette, les chasseurs de fantômes ont tenu parole. Le village, le canton, le département, la région ... c'est toute la France qui s'est soudainement entichée du fantôme et de son château. La duchesse a reçu de très nombreuses réservations ... Mais elle ne peut répondre à toutes, elle est obligée de faire le tri car elle n'a qu'une seule chambre en état de recevoir des pensionnaires. Elle a mis la chambre aux enchères et ça va lui rapporter gros ! De quoi aménager une seconde chambre plus tard ... elle est ravie et de bonne humeur quoique fatiguée de tant d'émotions.

Pour faire face à ses nouvelles responsabilités, elle a décidé d'embaucher quelqu'un pour la seconder.

On entend frapper à la porte. La duchesse va ouvrir …

Derrière la porte … une voix pleine d'innocence et de joie …

Pétronille : Bonjour madame la duchesse, je suis la nouvelle bonne de madame !

Marielle : Entrez … mais euh … avant il faut que je vous fasse passer un entretien d'embauche, vous avez vos certificats ?

Pétronille : Mes certificats de quoi, madame ? de vaccination ?

Marielle : Non, vos certificats de travail.

Pétronille : Mais … c'est que je n'en n'ai pas, madame, j'ai toujours travaillé au noir !

Marielle : Dans ce cas, comment voulez-vous que je vous teste ?

Pétronille : Ben ..... Je sais pas .... Vous pourriez me donner quelque chose à faire …

Marielle : (un peu énervée de la situation) Que savez-vous faire ?

Pétronille : Tout !

Elles chantent et dansent en duo avec l'accent créole.

Marielle : Savez-vous ……… nettoyer ?

Pétronille : Nettoyer.

Marielle : Balayer ?

Pétronille : Balayer.

Marielle : Et ranger ?

Pétronille : Et ranger … casa toujours pimpante …

Elles arrêtent de chanter et danser.

Marielle : Savez-vous cuisiner ?

Pétronille : Oui.

Marielle : Et recevoir les clients ?

Pétronille : Oui ! je sais faire tout ça !

Marielle : Vous n'êtes pas syndiquée, au moins ?

Pétronille : Oh non, madame, je suis vierge !

Marielle : (en aparté) Qu'est-ce qu'elle me chante ? …

Marielle : Bon … ben entendu … vous commencez maintenant et on verra bien comment vous vous débrouillez !

Pétronille : Et pour mes gages, madame ?

Marielle : C'est quoi ?

Pétronille : Ben ... ma paie, quoi !

Marielle : (stricte) Vous serez payée ... à la fin du mois, comme tout le monde.

Pétronille : Merci madame !

Marielle : (pressée) Vite, j'attends des clients, allez leur préparer la chambre violette à l'étage ...

Pétronille : (S'en va ... puis revient ...) Madame ! ?

Marielle : (Conciliante) Oui ma fille !

Pétronille : C'est aujourd'hui la fin du mois !

Marielle : (Surprise et agacée) Nous verrons cela quand vous aurez fait quelque chose de concret. Et puis je vous rajouterai un jour sur le mois prochain ...

Pétronille : Merci madame.

Marielle : (En aparté) Elle est bête ou elle est stupide ?

Marielle range quelques affaires puis s'étale dans son fauteuil préféré pour déguster un homard sauce marocaine …. (je blague)

Pétronille : (Revient en courant comme si elle avait vu un fantôme) Madame … madame … Oh madame … OOOOHHHHHH !!!!!

Marielle : (Surprise) Calmez-vous, ma fille, que vous arrive-t-il, on dirait que vous avez croisé un revenant …

Pétronille : (Très excitée) Oh OUI madame, un revenant, il était dans la chambre et c'est un gros vicieux, il m'a touché partout, il voulait me violer !

Marielle : (En aparté) QUOI ! ? Vous violer !!!!! Mais c'est ignoble !!! (elle hurle) Mario … Mario, viens ici tout de suite !

Pétronille : (Hurle à son tour, de stupeur et de frayeur …) AAAAAAAAAHHHHHHH !!!! Il est là !!!!!

Marielle : (Intriguée, parle fort) Vous le voyez ???

Pétronille : Oui, madame. Je le vois comme je vous vois !

Le fantôme : ATCHOUM !!!!

Marielle : (Curieuse) Comment est-il ?

Pétronille : Tout nu ! ... **Et** ..... euh ... bon ... enfin ... euh ...

Marielle : (Outrée) Quoi ! ? vous ne voulez pas dire qu'il ....

Pétronille : Oui madame, comme un cerf !

Marielle : (En hurlant) Mario !!! remet ton drap ... TOUT DE SUITE !!!

Pétronille : Il est parti, madame.

Marielle : (Fâchée) Pas étonnant qu'il s'enrhume .... S'il se promène tout nu !

Pétronille : Que dois-je faire madame ?

Marielle : (Mi figue mi raisin) Allez donc finir la chambre ... mais prenez un balai pour le chasser s'il revient vous importuner !

Pétronille : Bien madame. (Elle s'en va ... s'arrête .... S'en va ... s'arrête ...)

Marielle : (Curieuse) Eh bien, ma fille, qu'y a-t-il encore ?

Pétronille :   (Hésitante) Ben … c'est c'que le fantôme a dit …

Marielle : (Interloquée) Il a dit quelque chose ?
…..

Rideau ou nuit

ACTE III

Scène 1

Les clients curieux - La bonniche godiche est psychopompe

Les premiers clients (couple) arrivent, ils n'ont qu'une hâte : rencontrer le fantôme qui, hélas ne se manifeste pas car il n'est pas d'humeur … il boude …

Voix off : Tout est prêt pour recevoir les premiers clients, un couple qui a payé sa nuitée au prix fort en espérant bien avoir la trouille de leur vie et faire monter leur adrénaline dans un déluge de sensations paranormales extraordinaires.

La duchesse et sa nouvelle assistante sont sur le pied de guerre en attendant l'arrivée de leurs hôtes.

La Duchesse et Pétronille font les tous derniers préparatifs, la duchesse range un coussin que Pétronille s'empresse de mettre ailleurs … elles tournent en rond en défaisant ce que l'autre vient de faire.

Marielle : (Curieuse) Mais comment se fait-il que vous puissiez entendre ce que dit mon mari alors que tout le monde ne l'entend qu'éternuer ?

Pétronille : (docte) Je suis psychopompe.

Marielle : (s'arrête brutalement de ranger … stupéfaite) Vous êtes QUOI ?

Pétronille : (se redresse fière d'elle-même) Psychopompe.

Marielle : (Curieuse) Quèsaco ?

Pétronille : (incrédule) Comment ?

Marielle : (Curieuse) Ça veut dire : « Qu'est-ce que c'est que ça ? » … ce mot, là 'phytopon' ?

Pétronille : (reprend le dessus et détache bien tout) « psy » …« cho »… »… « pom »… « peeee»

Marielle : (interloquée) … ?

Pétronille :   (très docte) Ça vient des grecs, « psuchè » qui veut dire « l'âme, l'esprit» et « pompos » qui veut dire « conduire ». Le psychopompe est celle ou celui qui parle avec les esprits des morts.

Marielle : (Curieuse) Et comment vous savez ça, vous ?

Pétronille : (très contente de son petit effet) C'est le docteur qui me l'a dit quand j'ai été soignée parce que personne ne voulait me croire que j'avais parlé avec ma tante qui est morte assassinée par un 'spychopathe' !

Marielle : (se marre) Vous voulez dire un 'psychopathe'.

Pétronille : (incrédule) C'est ce que j'ai dit !

Un silence …. Elles reprennent leur activité de rangement dérangement …

Tout en continuant de déranger ranger …

Pétronille : (narratrice) Ma tante elle m'a donné le nom de son assassin ... mais personne ne voulait me croire .... Heureusement que le docteur, lui, il m'a cru ... et ils ont arrêté le meurtrier et après ... ma tante est montée au ciel ...

Marielle : (impertinente) Ou descendue aux enfers ...

Pétronille : Oh non ! C'était la crème des femmes !

Marielle : (Curieuse) Et comment expliquez-vous que vous parlez avec mon mari ?

Pétronille : (explique) Le docteur m'a bien expliqué ... les morts qui n'ont pas réglé leurs affaires sur terre errent comme des hères avec un air de grande misère et cherchent quelqu'un qui les aide à sauver leur âme ... un ou une psychopompe.

Marielle : (stupéfaite la regarde comme une extraterrestre ... s'apprête à faire un commentaire puis se ravise et lui fait signe de continuer ...) Euh ...

Pétronille : Voilà !

Elles se remettent à ranger déranger ...

On sonne à la porte (la duchesse a fait installer une sonnette).

Elles continuent de ranger déranger … la duchesse s'arrête …. Se redresse …

Marielle : (directrice) Eh bien ma fille ?

Pétronille : (continue de ranger) Oui ?

Marielle : (impatiente) On a sonné ?

Pétronille : (incrédule) Oui … j'ai bien entendu …

Marielle : (agressive) Il faut aller ouvrir …

Pétronille :   (marque un temps d'arrêt … réfléchit, regarde la duchesse furieuse … et finit par comprendre) J'y vais !

Elle ouvre la porte au couple Tristan et Iseult qui entrent. Elle ferme la porte sur eux qui sursautent ….

Iseult : Et nos bagages ?

Pétronille essaie de rentrer les bagages, mais elle est obligée de traîner chacune des valises une à une dans le hall.

Pétronille : (ahanant) Boudiou qu'c'est lourd !

La duchesse s'empresse vers le couple pour occulter les grimaces gesticulatoires de la bonniche …

Marielle : (accueillante et leur tend la main) Madame et monsieur Bernard, c'est bien ça ?

Iseult : Moi c'est Iseult.

Tristan : Et moi Tristan

Marielle : (joyeuse) Oh ! Comme c'est romantique !

Iseult : (incrédule) Pourquoi vous dites ça ?

Marielle : (réservée) Mais … voyons … Tristan et Iseult ….

Tristan : Ben … c'est nous !

Marielle : (dépitée) Bon ! …… eh bien …. Euh … Pétronille va vous montrer votre chambre …

Tristan : Pétronille ?

Marielle : (snob) Oui, c'est la femme de chambre …

Iseult : (incrédule) Mais c'est un nom, ça, 'Pétronille' ?

Pétronille : Je veux ! Même que c'est mon nom et qu'ça vaut bien 'Iseult' …. Pffff !

Marielle : (snob) Allons, voyons, Pétronille ... n'oubliez pas que vous êtes en période d'essai !

Tristan : Et pour le fantôme ?

Marielle : (interrogative) Pour le fantôme ?

Iscult : Ben oui, le fantôme, on est là pour ça, pour le voir, le photographier, le toucher ...

Marielle : Mais enfin, voyons .... C'est un fantôme !

Tristan : Et alors ?

Marielle : Et alors ? Ben ... un fantôme, vous savez ... ça va, ça vient, ça hante, ça fait des bruits terrifiants (Tristan et Iseult se serrent l'un contre l'autre à cette évocation) ... un fantôme ... c'est terriblement autonome, pire qu'un chat ! Ça ne rend de comptes à personne, ça n'a pas de consistance physique, c'est juste un ectoplasme !

Tristan et Iseult (en même temps): Un quoi ?

Pétronille : Un ectoplasme !

Marielle : Oui, bon, vous, on ne vous a rien demandé … montez plutôt les bagages de Tristan et Iseult dans leur chambre !

Pétronille : Ah ! Ça ! Ça va pas êt' possible … y sont bien trop lourds pour moi !

Tristan : Laissez, je m'en occuperai … mais avant, je voudrais savoir à quelle heure on pourra voir le fantôme ?

Marielle : Mais je viens de vous expliquer qu'un fantôme n'a pas d'habitude … tiens ! Expliquez-leurs, vous Pétronille puisque vous parlez fantôme comme deuxième langue !

Pétronille : Ah ! On me demande mon avis, maintenant !

Iseult : Bon …. On va le voir oui ou non ? Parce qu'au prix qu'on a payé … il a intérêt à se montrer …

Tristan : Sinon on vous fait un procès pour abus de confiance !

Pétronille : (affirmative) Il sera là à 8 heures.

Iseult : Bon …. Ça nous laisse 1 heure pour nous préparer !

Ils se dirigent vers les escaliers … et disparaissent avec leurs bagages …

Marielle : (à voix basse) Il vous a dit qu'il sera là à 8 heures ?

Pétronille : (à voix basse) Non, mais comme ça tournait mal …

Marielle : (à voix basse) Au fait …. Que vous a-t-il dit …. Tout à l'heure ?

Pétronille : (à voix basse dans l'oreille de Marielle pour que personne puisse entendre) bzises bbbesises bbbss

Marielle : (de temps à autres) Oh ! .... Non ! .... Oh ! .... eh ben ! ......

Rideau ou nuit

Scène 2

Le retour d'DVDP

L'inspecteur revient avec un mandat de perquisition, mais il doit se rendre à l'évidence, le fantôme ne se laisse pas intimider et il doit abandonner l'affaire pour le moment.

Petite musique douce … Marielle est assise confortablement et Pétronille époussette … toujours au même endroit …

Le téléphone sonne. Pétronille décroche d'autorité.

(Deux solutions de mise en scène suivant les moyens : ou bien on entend la voix du banquier off (c'est pour ça que je mets les dialogues du banquier) … ou bien seule Pétronille parle.)

Pétronille : (à la manière de Nabilla) Allô … Allô … mais allô quoi !

Voix off banquier: Ici monsieur Pictou, votre banquier, je vous appelle pour vous rappeler votre découvert et vous demander …

Pétronille : Attendez une seconde, je vous passe la duchesse … (à la duchesse) C'est le banquier …

pour votre découvert ... (elle passe le téléphone à
la duchesse)

Marielle : Allô ! Ici la duchesse de Mac Donald
...

Voix off banquier : Ici monsieur Pictou, votre
banquier, je vous appelle pour vous rappeler
votre découvert et vous demander ce que vous
comptez faire pour rembourser la banque ?

Marielle : Justement monsieur Pictou, j'ai
commencé une activité de location de chambre
qui commence bien, nous avons nos premiers
clients et je pense qu'à terme ...

Voix off banquier : À terme c'est trop loin .... Je
vous demande de nous rembourser le plus tôt
possible ... demain au plus tard !

Marielle : Mais ... monsieur Pictou, laissez-moi le
temps de roder mon activité, plus tard vous y
trouverez votre compte vous aussi ...

Voix off banquier : Vous avez jusqu'à demain,
pas un jour de plus. (il raccroche)

Marielle : Mais ... monsieur Pictou ... Allô ... mais
allô quoi ! ... le bougre, il a raccroché !

La petite musique douce reprend … qui s'arrêtera à Iseult

Voix off : Tout est calme au château des Hurle aux Loups …

Iseult : (Hurle de terreur … de loin) AAAAAAAAAIIIIIIIIIII …. (Et elle déboule) AAAAAAHHHHHH !

Marielle : Mais que vous arrive-t-il ? Vous avez vu un fantôme ?

Iseult : Non … pire que ça (Tristan arrive sans se presser …)

Marielle : Et quoi donc ?

Iseult : Une araignée !

Tristan : (Il fait un geste avec son pied) Je l'ai écrasée. … Bon … il est bientôt 8 heures …

On voit que Marielle et Pétronille sont embarrassées, et si le fantôme ne se manifestait pas ….

On frappe à la porte … Marielle et Pétronille semble soulagée, cette arrivée inattendue va peut-être les sauver …

Marielle : Eh bien ma fille …. Faudra-t-il toujours vous dire d'aller ouvrir ?

Marielle : J'y vais madame ... (Elle ouvre la porte et laisse entrer l'inspecteur chef DVDP) Bonjour monsieur.

DVDP : Inspecteur chef David Van den Prout (Il brandit fièrement un morceau de papier) et le mandat de perquisition dûment signé par la hiérarchie administrative idoine !

Marielle : Vous travaillez pour les douanes ?

DVDP : (Incrédule) .... Ah ! Non, pas les douanes, 'idoine' .... Oui, bon, oubliez ça ! Voici mon ordre de mission, veuillez en prendre connaissance avant que je procède à une fouille approfondie du château ! (il tend le mandat de perquisition à la duchesse)

Marielle : Bon courage ... le château fait 40 pièces sans les caves, les douves et les oubliettes !

Iseult : (à la duchesse) Qui est ce monsieur ? il vient pour le fantôme ?

Marielle : Oui, c'est le commissaire D ....

DVDP : Inspecteur chef David Van den Prout et je viens effectivement pour arrêter le pitre qui s'amuse à faire peur aux braves gens en jouant au fantôme ! ... Et vous ? Vous êtes qui ? Allez ... papier, passeport, permis de conduire, vignette, carte grise, visas, carte d'identité, mutuelle ... je veux tout savoir !

Marielle : (Véhémente s'interpose) Ah NON ! Vous allez laisser ces messieurs dames tranquilles, ils sont mes hôtes et à ce titre je vous demande de ne pas les importuner .... Allez plutôt fouiller le château !

Tristan veut intervenir mais DVDP lui fait signe de se taire de la main.

DVDP : Et qui me dit que l'imposteur n'est pas dans cette pièce ?

Marielle : (Avec assurance) Vous l'entendez éternuer ?

DVDP : Bon ! Mais prévenez-moi si jamais vous l'apercevez !

Tristan : Cet inspecteur parle d'un imposteur .... Il n'y aurait donc pas de fantôme, toute cette affaire ne serait qu'une arnaque minable !

Marielle : (Embêtée) Il n'a plus toute sa tête depuis que mon mari l'a assommé !

Iseult : Votre mari ! ? Mais nous n'avons pas été présentés !

Marielle : (Pédagogue) Mon mari est mort, c'est lui le fantôme .... Seulement là, avec cet inspecteur chafouin et inquisiteur, le fantôme risque de ne pas se montrer avant qu'il ne soit reparti.

Tristan : C'est votre complice, c'est ça ?

Iseult : Et c'est lui qui fait le fantôme !

Marielle : (Embêtée) Mais non, je vous assure, vous savez bien que la hantise de ce château a été attestée par des experts chasseurs d'esprits qui sont venus avec tout un tas d'instruments aux noms impossibles à retenir !

Tristan : Nous, on est comme saint Thomas ...

Iseult : On croit qu'est-ce qu'on voit !

Marielle : (Embêtée) Vous, Pétronille, qui avez discuté avec Mario, mon défunt mari, dites-leur que ce n'est pas une menterie !

Iseult : (En aparté) Pétronille, c'est pas un nom, ça !

Pétronille : Ben c'est vrai que le défunt mari de madame la duchesse m'a dit que la nuit de noce ….

Marielle : (Dans l'urgence l'interrompant en catastrophe) Pétronille ! On ne vous demande pas ce genre de détails … on vous demande de confirmer que le fantôme existe bel et bien !

Pétronille : OH que OUI, même que pendant que je faisais le lit il est venu par derrière …

Marielle : (Dans l'urgence l'interrompant en catastrophe) Pétronille ! S'il vous plaît, épargnez-nous les détails scabreux !

Pétronille : Ben quoi ! ? … C'est pourtant vrai que ça m'a fait penser à DSK !

Tristan : Nous, on croit que …

Iseult : Vous êtes tous complices dans cette maison …

Tristan : Et on demande une réduction …

Iseult : Ou sinon on vous fait un procès !

Pendant qu'ils se plaignaient, l'inspecteur chef est revenu subrepticement tentant d'écouter la conversation … mais les autres le voient très bien et attendent qu'il se manifeste …

DVDP : (Réalisant soudain que tout le monde le regarde se racle la gorge) …Hum ! J'ai pas entendu éternuer ?

Les autres : NON !

DVDP : Oui, bon … j'avoue que ce château est lugubre … et froid, plein de courants d'air et de chauve souris … Mais j'ai pas vu de fantôme !

Tristan : Nous on pense que …

Iseult : C'est une arnaque et qu'il n'y a pas de fantôme !

DVDP : (Pas content) Et la bosse que j'ai là … c'est une idée ?

Tristan : Vous êtes leur complice, c'est ça ?

DVDP : (Pas content) QUOI ! ? Vous m'accusez de mentir, moi, inspecteur chef David Van den Prout, assermenté (il a sorti sa carte) … Allez hop ! Vos papiers, cette fois vous n'y coupez pas …

Marielle : (Tente une réconciliation) Monsieur l'inspecteur chef, soyez magnanime, mes commensaux sont venus au château pour voir le fantôme qui boude et ne se montre plus au moment où on a le plus besoin de lui ... Ils sont déçus ...

Le fantôme : ATCHOUM !!!!

Panique sur scène ... l'inspecteur se planque sous la table en se protégeant la tête, Tristan saute dans les bras d'Iseult et Pétronille se saisit du balai prête à donner des coups !

Marielle : (Triomphante) Alors ! ? C'est pas du fantôme, ça ?

Rideau ou nuit

Scène 3

Le fantôme tire sa révérence

Et fait passer DVDP pour un con !

Voix off : Après avoir eu la trouille de leur vie, Tristan et Iseult s'en sont allés le cœur léger comme leur portefeuille et ont promis de dire beaucoup de bien du château et de tous ses occupants.

L'inspecteur chef David Van den Prout est resté. Il a décidé d'éclaircir le mystère de ce fantôme enrhumé et frappeur.

L'inspecteur est assis nonchalamment dans un fauteuil, un verre à la main.

La duchesse est assise dans un autre fauteuil un verre à la main et Pétronille est debout, elle époussette les meubles d'un air d'être ailleurs …

DVDP : (Se redresse d'un coup) QUOI ! ? …

Marielle : (Interrogative) Monsieur l'inspecteur chef ?

DVDP : Non, rien, pardon, j'avais cru entendre …

Le fantôme : ATCHOUM !!!!

DVDP : (Se lève et va vers Pétronille) Pétronille, vous parlez fantôme, n'est-ce pas ?

Pétronille : Ben .. Oui … enfin … je l'entends et je crois qu'il peut m'entendre et me sentir … ça … même … c'est sûr (Elle se touche les seins et les fesses)

DVDP : Bon ! Vous allez nous servir d'interprète … OK ?

Pétronille : (Peu enthousiaste) J'ai le choix ?

DVDP : Vous allez demander à ce fantôme qui il est ?

Pétronille : (Peu enthousiaste elle semble parler à quelqu'un que personne d'autre qu'elle ne voit) Le monsieur demande qui vous êtes ? … (Fait semblant d'écouter et restitue) Il dit que vous ne vous êtes pas présenté !

DVDP : AH ! Nom d'une pipe en béton ! Il a raison, je n'ai pas pensé à me présenter ! Dites-lui que je suis l'inspecteur chef David Van den Prout et que je suis officiellement missionné pour enquêter sur lui et les circonstances de sa disparition.

Pétronille : (Peu enthousiaste … au fantôme) Vous avez entendu ou faut que je répète ?

DVDP : Mais c'est pas ce que je vous ai dit de dire !

Pétronille : (Blasée) De toute façon il vous entend … Mais là, il reste muet … bon … et le voilà qui s'en va … (Elle le suit des yeux et de la tête et du corps si nécessaire …)

DVDP : Mais non, il ne faut pas qu'il s'en aille, il faut qu'il reste et qu'il réponde à mes questions … sinon ….

Marielle : (Ironique) Sinon quoi ?

DVDP : (Bien embêté) Mais … je ne sais pas …. Je …. Euh …

Pétronille : (Amusée) Vous lui passez les menottes !

DVDP : (Reprend du poil de la bête) Je ne quitterai pas le château tant que je ne me serai pas entretenu avec le fantôme.

Marielle : (Saisit la balle au bon) Mario …. Mario, s'il te plaît, viens parler avec le policier … qu'il s'en aille enfin !

Ils attendent quand soudain …

2 possibilités de mise en scène :

> *1   Le fantôme apparaît sous 1 drap (ça apporte un petit plus surtout si il s'emmêle dans son drap …)*
> *2   Le fantôme reste en voix off.*

Pétronille : (écoute puis restitue) Monsieur le duc dit qu'il est d'accord pour répondre aux questions de la police mais qu'ensuite l'inspecteur ne devra plus jamais mettre les pieds dans le château sinon il finira dans les oubliettes.

DVDP : (content qu'on lui réponde) Inspecteur … chef ! Mais bon … du moment que j'ai mes réponses. (Il sort un calepin et un stylo … prêt à noter …)

Marielle : (Pressée) Dépêchez-vous, allons droit au but qu'on en finisse !

DVDP : (Content qu'on lui réponde) Monsieur le duc, comment êtes-vous mort ?

Pétronille : (écoute puis restitue) Monsieur le duc dit qu'il s'est pendu.

DVDP : (Note les réponses sur son calepin) Mais pour quelle raison ?

Pétronille : (écoute puis restitue) Parce que l'UMP a fait faillite !

Tout le monde est interloqué !

Pétronille : (écoute puis restitue) Monsieur le duc dit qu'un peu d'humour ne peut nuire à personne !

DVDP : (Note les réponses sur son calepin) Moi, je ne suis pas là pour rigoler ! Mais pour découvrir la vérité ... et je ressens comme un parfum d'assassinat ... n'est-ce pas madame la duchesse ?

Si le fantôme est sous un drap, le drap tombe.

Pétronille : (d'abord épouvantée puis complètement paniquée et enfin possédée par le duc. Elle prend une grosse voix et des attitudes d'homme elle fonce sur DVDP et l'attrape par le colbac très en colère) Monsieur le policier ... (l'autre est surpris et terrorisé) Je viens de vous dire que je me suis suicidé et cela parce que nous étions ruinés et que je n'avais pas le courage de faire face à la déchéance et à la perte du château.

Maintenant vous prenez vos cliques et vos claques, vous disparaissez et ne revenez plus jamais … ou je vous jette tout de suite dans les oubliettes … c'est assez clair ?

DVDP : (flageolant) Ou ou oui iii mon monsieur le le du duc ! (il prend ses jambes à son cou)

Fantôme/Pétronille : (une fois le flic disparu elle / il se calme et se tourne vers Marielle) Ma chérie, j'espère que ce sinistre individu ne t'importunera plus !

Ils tombent dans les bras l'un de l'autre !

Marielle : Mais pourquoi avoir fait ça … on aurait fini par trouver une solution, on aurait pu inventer une histoire de faux fantôme !

Fantôme/Pétronille : Il est trop tard pour y penser. Bon ! Maintenant que tout est rentré dans l'ordre, je vais pouvoir me retirer définitivement.

Marielle : Tu vas me laisser avec ce château que je ne peux plus entretenir … ne m'abandonne pas s'il te plaît, fais le fantôme, ça attire les clients c'est ma seule chance de survie !

Fantôme/Pétronille : Le banquier ne t'a pas appelé ?

Marielle : Ben oui, justement ....

Fantôme/Pétronille : Quoi ! ? que t'a-t-il dit ?

Marielle : Qu'il me donne jusqu'à demain pour rembourser le découvert ! Et je ne peux pas !

Fantôme/Pétronille : Et c'est tout ?

Marielle : Ben oui ...

Fantôme/Pétronille : Il ne t'a pas parlé de l'assurance vie ?

Marielle : Non ! Quelle assurance vie ?

Fantôme/Pétronille : Tu la trouveras dans le tiroir de mon bureau, je croyais que tu y jetterais un coup d'œil ... j'ai contracté une assurance vie de cinq millions d'euros que ma mort soit naturelle, accidentelle ou due à un suicide. Tu n'as plus à t'inquiéter ... mais ce banquier .... Quel salaud ! Appelle-le ...

Marielle : (prend le téléphone et compose un numéro) Allô ... monsieur Pictou, je vous appelle au sujet de mon découvert ...

Voix off banquier: Vous avez l'argent ?

Marielle : Eh bien .... Justement, monsieur Pictou ... en rangeant les affaires de mon mari, je suis tombé sur un contrat d'assurance vie qu'il avait signé avec vous et ....

Voix off banquier: (tout à fait obséquieux et servile) Ah mais oui madame la duchesse, justement, je voulais vous en parler ... quand pourriez-vous passer pour que nous réglions cette petite affaire ...

Marielle : Inutile ! Mon notaire s'occupe de tout ... et je change de banque. (elle raccroche).

Fantôme/Pétronille : ... ATCHOUM !

Pétronille : (fait des contorsions) ... AH ! Il est parti .... ATCHOUM ... mais il m'a laissé son rhume !!! ...ATCHOUM !

FIN

Du même auteur

- **DVDP la Joconde** (polar artistique)
- **Ludmilla** (roman d aventures)
- **Un raout chez les ploutocrates** (pièce de théâtre)
- **Aux ailes bleues du vent** (poésies chansons mirlitons)
- **Métempsychose du bigorneau** (recueil de nouvelles)
- **Mel pot littéraire** (sketches humoristiques)
- **Yfig fait son cinéma** (scenarii de courts et longs métrages)
- **Les aventures extraordinaires de Tata Baluchon** (série télé)
- **Un psy peut en cacher un autre** (pièce de théâtre de boulevard) - SACD
- **Apocalypse nucléaire** (pièce de théâtre comédie dramatique)
- **Meurtre parfait** - (pièce de théâtre - comédie satyrique)
- **Psychédélies** (nouvelle - comédie loufoque)